Analyse de l'œuvre

Par Kelly Carrein

La tresse

de Laetitia Colombani

lePetitLittéraire.fr

Analyse de l'œuvre

Par Kelly Carrein

La tresse

de Laetitia Colombani

lePetitLittéraire.fr

Rendez-vous sur lepetitlitteraire.fr et découvrez :

Plus de 1200 analyses
Claires et synthétiques
Téléchargeables en 30 secondes
À imprimer chez soi

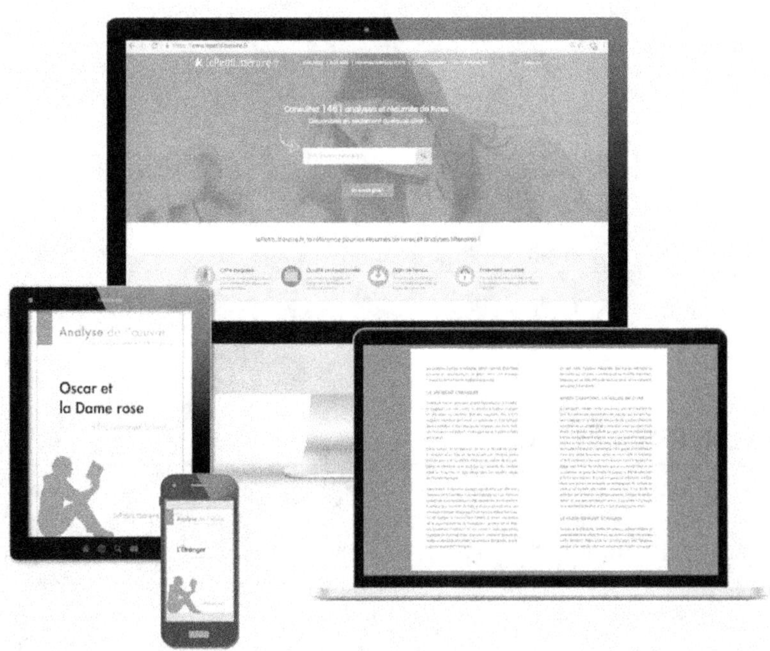

LA TRESSE

TROIS DESTINS CROISÉS

- **Genre :** roman.
- **Édition de référence :** *La tresse*, Paris, Le Livre de Poche, 2017, 238 p.
- **1ʳᵉ édition :** 2017.
- **Thématiques :** féminisme, maladie, famille, travail, inégalités.

Après avoir été recalé une première fois par le comité de lecture de la maison d'édition Grasset, puis retravaillé, *La tresse* devient un succès d'édition dès les premières semaines suivant sa publication. Plusieurs éditeurs étrangers acquièrent les droits de traduction avant même la parution en langue française. À ce jour, le roman a reçu plusieurs prix littéraires : le Prix Relay des voyageurs lecteurs, le Trophée littéraire des Femmes de l'économie et le Globe de cristal du meilleur roman. *La tresse* met en lumière trois femmes fortes, à des moments pivots de leur existence : l'Indienne Smita, qui réalise qu'elle doit se battre pour que sa fille de six ans puisse avoir une éducation et une meilleure vie que la sienne ; l'Italienne Giulia, qui, à vingt ans, doit reprendre les rênes de l'entreprise familiale pour la sauver de la faillite ; et la Canadienne Sarah, qui apprend être atteinte d'un cancer du sein et qui décide de se battre sans en informer quiconque. À première vue, rien ne semble lier ces trois femmes, et pourtant, leurs destins se rejoignent comme trois mèches de cheveux que l'on tresse...

LAËTITIA COLOMBANI

- **Née en 1976 à Bordeaux.**
- **Quelques-unes de ses œuvres :**
  - *Les victorieuses*, roman (2019).
  - *Le Cerf-volant*, roman (2021).

Laëtitia Colombani est diplômée de l'École Nationale Supérieure Louis Lumière. Elle est passionnée par la littérature et l'écriture dès son plus jeune âge, influencée par sa mère bibliothécaire et par ses professeurs de français. Avant de se lancer tardivement dans l'écriture de romans (*La tresse* est son premier roman, publié en 2017), elle évolue dans le monde de la télévision et du cinéma : elle est tantôt actrice (*Cloclo* [2012], *Fête de famille* [2019], etc.) tantôt scénariste et réalisatrice de plusieurs courts-métrages et deux longs métrages (*À la folie... pas du tout* [2002] et *Mes stars et moi* [2008]). Elle est également connue pour avoir coécrit la comédie musicale *Résiste* (2015) dédiée aux chansons de France Gall.

RÉSUMÉ

LE SACRIFICE D'UNE MÈRE

En Inde, Smita ramasse les excréments des riches dans l'espoir de recevoir des restes de nourriture en retour. Elle fait partie de la caste des Dalits (ou Intouchables) considérés comme les rebuts de la société. Elle rêve à un monde meilleur pour sa fille de six ans, Lalita : elle veut qu'elle apprenne à lire et à écrire. Elle parvient à obtenir une place à l'école pour la fillette en donnant ses maigres économies, mais le premier jour, celle-ci revient couverte de coups, car elle a été battue par le maitre après avoir refusé de balayer la salle de classe. Smita est ulcérée et veut quitter le village pour la ville de Chennai, à deux-mille kilomètres de là ; elle sait que là-bas, Lalita pourra aller à l'école et avoir un meilleur avenir. Son mari Nagarayan refuse, ayant pour argument la violence faite aux femmes Dalits et les nombreux dangers qui les attendent.

Smita décide néanmoins de fuir avec sa fille de nuit, sans en avertir son mari. Elles partent à vélo puis prennent le car pour gagner la gare, à une centaine de kilomètres de là. Alors que le car s'éloigne, Nagarayan tente sans succès de les rattraper. Une fois arrivée à la gare, Smita obtient des places dans le train pour Chennai du lendemain.

Le trajet se révèle cauchemardesque : le train est sur-peuplé, l'hygiène y est déplorable et l'accès aux toilettes interdit. Smita décide alors de ne pas continuer jusqu'à Chennai, mais de s'arrêter à la gare de Tirupati pour aller sur la montagne sacrée rendre hommage à Vishnou, sa divinité. L'ascension de la colline est éprouvante, mais Smita parvient au temple après une journée de marche.

Étant extrêmement pauvre, Smita n'a d'autre choix que de couper ses cheveux pour les présenter à Vishnou en guise d'offrande, dans l'espoir que Lalita puisse avoir une vie meilleure que la sienne. Sereine, elle se fait raser les cheveux, avec la certitude que ce sacrifice ne sera pas vain.

LE COMBAT D'UNE HÉRITIÈRE

Âgée de 20 ans, Giulia travaille dans l'atelier à perruques de son père. Un jour, celui-ci est victime d'un accident de Vespa alors qu'il fait sa tournée quotidienne pour récupérer des cheveux et est plongé dans le coma. À son chevet, Giulia passe des heures à lui lire des livres. Un jour, alors qu'elle est à la bibliothèque, elle fait la connaissance de Kamal, un réfugié indien, qu'elle avait déjà aperçu auparavant dans la rue alors qu'il se faisait arrêter par des gendarmes lors du défilé de Sainte Rosalia, simplement parce qu'il avait la peau sombre. Ils nouent rapidement une relation et se retrouvent presque tous les jours pour faire l'amour durant l'heure du déjeuner, dans une grotte à l'abri des regards.

Alors qu'elle recherche un papier important dans le bureau de son père, Giulia découvre, dans un tiroir fermé à clé, des lettres qui la bouleversent : l'atelier familial est au bord de la faillite. La jeune femme n'a d'autre choix que de renvoyer les ouvrières, qu'elle considère comme des membres de sa famille. Cependant, elle peut encore sauver les finances de sa mère et de ses sœurs en acceptant d'épouser Gino, un riche coiffeur qui la courtise depuis des années. Le cœur brisé, elle décide de laisser une lettre de rupture dans la grotte à destination de Kamal. Le soir même, le jeune Indien la rejoint chez elle pour lui parler.

Kamal lui apprend que des millions d'Indiens se coupent les cheveux pour les offrir aux divinités dans les temples. Puisque les Siciliens ne veulent plus se séparer de leurs cheveux, il faut trouver une nouvelle source : il suggère à Giulia d'importer des cheveux d'Inde pour sauver l'atelier de son père. Celle-ci s'empresse de soumettre l'idée à sa mère et ses sœurs, qui s'y opposent fermement, car les Italiens veulent des cheveux italiens, et n'accepteraient pas d'acheter des cheveux indiens.

Bouleversée, la jeune femme se rend au chevet de son père. Elle s'endort à ses côtés, mais est réveillée par le bruit des machines : son père vient de mourir. Avant de partir, il a serré sa main une dernière fois : elle prend ça comme un accord de sa part pour sauver l'atelier. Les employées acceptent de tenter l'aventure. Aidée par Kamal, elle établit des contacts avec l'Inde pour obtenir des cheveux et relance ainsi l'entreprise familiale.

LA RENAISSANCE D'UNE GUERRIÈRE

Débordée par sa vie professionnelle d'avocate, Sarah néglige quelques soucis de santé qui lui paraissent bénins : une fatigue de plus en plus présente, une douleur dans la poitrine, etc. Après un malaise durant une plaidoirie, elle passe des examens et apprend qu'elle est atteinte d'un cancer du sein. Elle refuse d'en informer son entourage familial et professionnel, préférant affronter la maladie seule et dans le plus grand secret.

Un jour, alors qu'elle se trouve au service d'oncologie pour un rendez-vous, elle y rencontre Inès, l'une de ses collègues qui est venue accompagner sa mère malade. Rapidement, la totalité du bureau d'avocats est au courant de la situation. Certains collègues souhaitent en profiter pour lui voler la place d'associée qui lui était pourtant promise. Malgré sa volonté de ne pas prendre le moindre jour de congé et de vouloir travailler à tout prix, Sarah est progressivement écartée : on ne lui confie plus de dossiers, on ne l'invite plus à certaines réunions, etc.

Écœurée par l'attitude hypocrite de ses collègues et par le ton condescendant de son patron, Sarah prend le premier congé maladie de sa carrière. Elle s'enlise dans des pensées dépressives, persuadée d'avoir tout perdu : son travail, mais aussi son apparence suite à l'ablation de son sein, et sa féminité à cause de la perte progressive de ses cheveux.

Hannah, sa fille de douze ans, la compare à une amazone, ces guerrières qui se sont coupé un sein. Cette pensée, ainsi que le souvenir de sa mère décédée d'un cancer, la tire de sa léthargie et elle se rend chez un perruquier pour trouver une perruque qui lui conviendrait. Après plusieurs essais infructueux, elle s'arrête sur une perruque de cheveux indiens, traitée en Italie.

ÉTUDE DES PERSONNAGES

SMITA

Smita est Indienne. Elle fait partie de la caste des Dalits (ou Intouchables), la plus basse classe sociale de la société en Inde, dont les membres sont considérés comme des moins que rien. Dès son plus jeune âge, la jeune femme a dû accepter de vivre en marge de la société, dans une extrême pauvreté. Elle exerce le métier de « scavenger » ou extracteur, c'est-à-dire qu'elle est forcée de ramasser les excréments des membres des classes sociales plus élevées. Cette tâche se fait sans rétribution financière, mais elle reçoit parfois quelques restes de nourriture ou vieux vêtements. Smita travaille ainsi depuis qu'elle a six ans, car c'est une responsabilité qui se transmet de génération en génération, comme une malédiction selon elle. Elle en conçoit une très grande honte.

Elle n'a jamais eu accès à l'école et ne sait donc ni lire ni écrire ; pour elle, ces deux connaissances seraient vitales pour pouvoir prétendre à une vie plus agréable que la sienne. C'est pour cela qu'elle est prête à tout pour que sa fille Lalita n'ait pas à subir le même sort qu'elle. Tout au long du roman, Smita apparait comme une femme fière et une mère dévouée. Pour elle, voir son enfant condamnée à suivre le même chemin sans issue que le sien est une véritable torture et elle est prête à tous les sacrifices et tous les risques pour lui assurer un meilleur avenir.

Smita présente également un caractère rebelle. Comme toute femme indienne, elle est censée être silencieuse, voire invisible, et surtout soumise à son mari. Or, quand elle mentionne vouloir partir pour Chennai, Nagarayan ne manque pas d'arguments pour tenter de la convaincre de rester, mettant notamment en avant les dangers qui l'y attendraient. Il finit par le lui interdire, mais Smita n'en a que faire et s'enfuit avec Lalita. Elle n'éprouve aucun sentiment en abandonnant son mari, comme si le refus de celui-ci de tout tenter pour améliorer le futur de Lalita avait effacé l'amour qu'elle ressentait pour lui.

LALITA

Lalita est la fille de six ans de Smita et Nagarayan. Elle a hérité de sa mère son caractère fier. Lorsque, lors de son premier jour d'école, le maitre veut la forcer à balayer la salle de classe simplement parce qu'elle fait partie des Intouchables, elle lui tient tête et reçoit des coups sans broncher. Elle entretient une relation très forte avec sa mère, qui se reconnait beaucoup en elle.

NAGARAYAN

Nagarayan est le mari de Smita. Contrairement à sa femme, sa condition sociale ne semble pas le préoccuper, et il se satisfait de chasser des rats pour vivre. Il a du mal à comprendre l'obsession de Smita à vouloir prendre de très grands risques pour offrir à Lalita une vie meilleure.

GIULIA

Giulia est une jeune femme italienne âgée de 20 ans. Elle a quitté le lycée à l'âge de seize ans, malgré ses prédispositions pour les études et son amour profond pour la lecture, afin de poursuivre la tradition familiale en travaillant dans l'atelier de son père, qui ramasse des cheveux pour en faire des perruques. Dès sa plus tendre enfance, elle a baigné dans l'atmosphère de l'atelier, accompagnant son père lors de ses tournées en Vespa pour récupérer des cheveux et observant sa mère lorsque celle-ci travaillait encore à l'usine. Giulia a repris le poste de sa mère, qui consiste à traiter les cheveux avant de constituer les perruques. Elle côtoie les autres ouvrières depuis l'enfance, et celles-ci sont pour elle de véritables membres de la famille et non de simples collègues. Elle semble d'ailleurs avoir une meilleure relation avec elles qu'avec ses propres sœurs.

Qualifiée de jolie, Giulia n'a pourtant pas un grand intérêt pour la gent masculine, jusqu'au jour où elle aperçoit Kamal pour la première fois. Elle est subjuguée par le jeune Indien, qu'elle retrouve presque tous les jours à l'heure du déjeuner pour faire l'amour en secret ; les collègues de Giulia remarquent immédiatement le changement dans l'attitude de la jeune fille, qui leur apparait plus heureuse qu'elle ne l'a jamais été.

Giulia est également très proche de son père, ce qui explique sa volonté d'avoir arrêté l'école pour travailler à l'atelier auprès de lui. Elle est bouleversée par son accident de Vespa, mais prend les commandes de l'entreprise avec grande maturité, comme si elle avait toujours été prête à assumer ce rôle. Lorsqu'elle découvre la situation financière précaire dans laquelle ils se trouvent, elle en perd le sommeil, passant ses nuits à essayer de trouver une solution pour sauver à la fois ses employées et sa famille. Giulia met sa famille au centre de ses préoccupations, puisqu'elle est prête à sacrifier son bonheur avec Kamal et à faire un mariage d'argent avec Gino, le coiffeur qui la courtise, afin que sa famille ne manque de rien. Ce ne sera finalement pas nécessaire, puisque l'entreprise prospère suite à l'utilisation de cheveux indiens.

Giulia n'a que faire des traditions siciliennes et des remarques racistes et n'hésite plus à officialiser son couple avec Kamal. Elle s'accomplit donc à la fois sur le plan professionnel et sur le plan personnel.

KAMAL

Kamal est un discret immigré indien. Âgé d'une trentaine d'années, il semble bien intégré en Italie : il parle italien couramment et a même trouvé du travail. Cependant, il porte toujours son turban en public, ce qui le conduit notamment à se faire arrêter le jour de la Sainte Rosalia par deux policiers racistes. Le jeune homme tombe sous le charme de Giulia lorsqu'il la rencontre et lorsque celle-ci veut rompre avec lui, il lui trouve la solution parfaite pour sauver l'entreprise familiale.

SARAH

Sarah est une brillante avocate canadienne de quarante ans, deux fois divorcée. Mère célibataire de jumeaux de neuf ans et d'une préadolescente de douze ans (de pères différents) elle est constamment tiraillée entre la culpabilité de ne pas pouvoir s'en occuper dignement et ses obligations professionnelles de plus en plus chronophages. Pour l'aider, elle a engagé Ron, un homme assistant maternel. Au fil des années, Ron se retrouve à passer bien plus de temps avec les enfants que Sarah. Lorsqu'elle est au cabinet d'avocats, elle fait tout pour éviter de mentionner ses enfants, ne dispose pas leurs photos sur son bureau et justifie toute absence pour les accompagner à des rendez-vous médicaux comme un « rendez-vous extérieur ».

En dissimulant ses enfants, Sarah espère montrer qu'elle a toutes les capacités nécessaires pour obtenir la promotion d'associée dont elle rêve, et que son rôle de mère ne sera pas un handicap. Pour ce faire, elle ne compte pas les heures de travail et sacrifie sans hésitation de nombreux moments avec ses enfants, comme des anniversaires ou des fêtes d'école. Son métier est le véritable centre de sa vie, ce qui la conduit à négliger des douleurs physiques et une fatigue de plus en plus intense.

Le diagnostic de cancer est un coup de massue pour Sarah, surtout que sa mère est décédée de la même maladie. Tout d'abord, elle veut le dissimuler à tout son entourage professionnel et familial, pour affronter seule cette épreuve. Pour elle, la maladie ne devrait pas l'empêcher d'obtenir la promotion dont elle rêve tant, et elle ne prend donc pas le moindre jour de congé. Malheureusement, lorsque son secret est découvert par une collègue ambitieuse, la totalité du cabinet est au courant et tous commencent à la traiter différemment : elle est écartée sans ménagements d'importants dossiers et de réunions, alors qu'avant son diagnostic, elle était respectée et même parfois crainte par certains. Elle se rend compte qu'on ne la traite plus comme une avocate compétente, mais comme une malade. L'attitude de ses collègues et de son patron, qui la traite comme si elle devait se défendre d'avoir commis un délit, la pousse à prendre enfin un congé maladie.

Lorsqu'elle se rend compte que le cabinet fonctionne très bien sans elle et qu'elle n'est pas indispensable, Sarah sombre dans un état dépressif. C'est Hannah, sa fille de douze ans, qui la sauve en la comparant à une amazone, les guerrières qui ont un sein coupé. Ce moment constitue un véritable déclic pour Sarah, qui décide de s'acheter une perruque, mais surtout de démissionner et d'attaquer son ancien employeur pour discrimination contre personne malade.

La maladie de Sarah lui a donc permis de changer ses priorités, et par extension le cours de sa vie : la carriériste irrécupérable du début du roman décide finalement de passer plus de temps avec ses enfants ; elle a compris que la vie était brève et qu'elle préférait se consacrer à ses enfants plutôt qu'à s'épuiser au travail sans pouvoir obtenir de reconnaissance.

CLÉS DE LECTURE

À travers ses trois héroïnes, Laëtitia Colombani présente trois combats de femmes distincts :

- **Le combat de Smita :** Smita est victime de l'injustice sociale. En Inde, le statut social est déterminé par la naissance, et les opportunités de monter de classe sont très faibles, voire inexistantes. Cette injustice la ronge toute sa vie, dès le premier jour où, sous la houlette de sa mère, elle apprend qu'elle va devoir ramasser les excréments des autres. Sa fille de six ans, Lalita, incarne l'espoir d'une vie meilleure ; si elle parvient à apprendre à lire et à écrire, elle pourra prétendre à une existence plus agréable : elle n'aura pas à subir un travail dégradant en échange de quelques restes de nourriture et sera plus respectée. Nagarayan, le mari de Smita, estime qu'il ne faut pas chercher à modifier son destin ; à l'inverse, Smita est prête à tous les sacrifices pour que sa fille ne souffre pas comme elle a souffert. Smita décide de prendre sa vie en main et gagne son combat contre l'adversité en s'émancipant de son mari – et par extension de sa vie de Dalit – par sa fuite vers Chennai.

- **Le combat de Giulia :** Giulia est victime du capitalisme. Depuis des décennies, l'entreprise familiale récupère les cheveux des Siciliens et les traite à l'atelier pour en faire des perruques. Lorsque cette source de cheveux se tarit, les soucis financiers ne tardent pas à suivre.

À la mort de son père, Giulia se retrouve responsable des dix employées, mais aussi de sa mère et de ses sœurs – dont l'une est mariée avec des enfants. Pour les sauver, elle est prête à faire un mariage d'intérêt et à renoncer à son grand amour. Ce ne sera pas nécessaire, car l'idée des cheveux indiens – soufflée par Kamal – s'avère salvatrice. Cependant, celle-ci n'aurait pas pu aboutir sans l'immense détermination de Giulia : durant des nuits entières, la jeune fille s'est renseignée sur Internet et a effectué des études de marché pour prouver que l'atelier pouvait être sauvé. Elle a dû également se heurter aux réticences de sa mère et de ses sœurs, qui ne croyaient pas que le marché italien serait intéressé par d'autres cheveux que les siciliens. Giulia croit en son idée et gagne son combat contre l'adversité en utilisant ses connaissances et son intelligence pour sauver l'atelier familial d'une faillite certaine.

- **Le combat de Sarah :** Sarah est victime de discrimination. Après de multiples sacrifices personnels, elle parvient au sommet de sa carrière et est très proche de décrocher une prestigieuse promotion ainsi que le statut convoité d'associée. Pour y arriver, elle a effacé ses obligations familiales et maternelles. Cependant, lorsqu'elle tombe malade, tout son travail semble anéanti. Désormais, elle n'est plus vue comme une avocate par ses pairs, mais comme une malade. Elle le sait, c'est de la discrimination : son état de santé ne justifie pas les comportements de ses collègues envers elle, et la perte de plusieurs dossiers importants. Sarah gagne son combat contre l'adversité en décidant de quitter la société et de la poursuivre en justice, mais aussi en choisissant de se concentrer sur sa santé et sur sa volonté de passer plus de temps avec ses enfants.

Les héroïnes, si différentes au premier abord, se rejoignent donc sur les sacrifices qu'elles sont prêtes à effectuer pour triompher de l'adversité. Toutes comprennent bien que la vie n'est pas parfaite, et qu'il faut sacrifier certaines choses pour en obtenir d'autres : Smita sacrifie sa relation avec son mari pour offrir un avenir à sa fille ; Giulia est prête à sacrifier le grand amour pour sauver sa famille ; et Sarah sacrifie ses ambitions pour pouvoir se concentrer sur sa famille.

La détermination dont elles font preuve, chacune à leur façon, sert de fil conducteur au roman et lie les trois histoires entre elles. Leurs combats se rejoignent, car elles font toutes preuve de courage et d'une incroyable force mentale. Les trois héroïnes s'émancipent de ce que pensent les autres pour obtenir ce qu'elles désirent au plus profond d'elles : Smita quitte son mari et veut combattre les injustices sociales ; Giulia renie les traditions siciliennes et le racisme latent pour vivre pleinement son histoire d'amour avec Kamal ; Sarah décide d'attaquer son ancien cabinet en justice pour discrimination.

Ce n'est pas par hasard que Laëtitia Colombani a choisi ces trois héroïnes pour son roman. Celles-ci n'ont, de prime abord, pas grand-chose en commun : elles n'ont pas le même âge, ni la même nationalité ou la même culture. Cependant, leur ressemblance se situe au plus profond d'elles-mêmes, dans la volonté qu'elles ont de se battre pour ce qu'elles croient être juste et pour ce qu'elles pensent mériter. À travers elles, l'auteure montre que les femmes ont toujours une raison de se battre contre l'adversité.

LA CONDITION DE LA FEMME

À travers les personnages de Smita, Giulia et Sarah, Laëtitia Colombani dépeint la situation de la femme à notre époque, dans trois régions du monde différentes :

- **L'Inde et le contrôle des femmes :** L'Inde représente une société où les femmes sont considérées comme des êtres inférieurs, et encore plus les femmes Intouchables qui vivent en marge de la société dont elles sont exclues. Ceci est visible dès le début du roman et la découverte de la situation de Smita, forcée de « ramasse[r] la merde des autres, à mains nues, toute la journée » (p. 16) sans pouvoir espérer plus que quelques restes de nourriture donnés par une âme charitable. Ce travail humiliant se transmet de génération en génération. Dans cette société machiste, le viol est monnaie courante, et sert même à punir les hommes à travers leurs femmes ou leurs sœurs. En quittant son village avec Lalita pour gagner Chennai, Smita les expose à une mort probable (« deux-millions de femmes, assassinées dans le pays, chaque année » [p. 97]), simplement parce qu'elles sont des femmes. À travers le personnage de Smita, Laëtitia Colombani dénonce une société archaïque où les femmes ne sont guère mieux considérées que des objets, et cela dans l'indifférence générale.

- **La Sicile traditionnelle** : La Sicile représente une société moderne, mais ancrée dans des traditions plus anciennes. Ceci se manifeste à travers le personnage de Kamal, un Indien qui, bien que pratiquant parfaitement la langue italienne et ayant des papiers en règle, se fait arrêter lors du cortège de Sainte Rosalia, simplement parce qu'il a « la peau sombre » (p. 54) et qu'il refuse d'enlever son turban pour raisons religieuses. Sa relation avec Giulia est tout d'abord secrète, car il serait très mal vu pour la jeune fille de fréquenter un étranger. Cependant, alors qu'elle s'affirme en tant que femme d'affaires en sauvant l'atelier familial, elle s'affirme aussi en tant que femme amoureuse en choisissant de faire sa vie avec Kamal, malgré les préjugés de son entourage. L'histoire de Giulia et de Kamal permet à Laëtitia Colombani de révéler les tréfonds d'une société où les traditions représentent un poids sur la vie intime des femmes, et où le racisme occupe encore une place trop prégnante.

- **Le Canada et le poids de la pression sociale** : Le Canada représente dans le roman la société occidentale : celle-ci est censée être la plus avancée des trois sociétés dépeintes dans ce livre ; cependant, l'égalité entre hommes et femmes est loin d'y être atteinte. Certes, Sarah est parvenue à avoir une brillante carrière et un poste haut placé dans un cabinet d'avocats prestigieux, mais elle en a payé le prix : elle a sacrifié sa vie sentimentale (à quarante ans, elle est deux fois divorcée) ; elle a caché ses deux grossesses (« son ventre était resté plat longtemps : sa gravidité était quasi indécelable [...] comme si ses enfants avaient senti qu'il valait mieux rester discrets » [p. 38]) et négligé ses enfants (manquant de nombreuses fêtes d'école ou anniversaires), prétendant même qu'ils n'existaient pas, par la dissimulation de ses obligations maternelles sous le terme « rendez-vous extérieur ». Pour elle, la maternité et le succès professionnel étaient clairement incompatibles. À travers Sarah, Laëtitia Colombani dénonce une société professionnelle où les femmes sont obligées de sacrifier leur vie personnelle pour être considérées comme les égales des hommes.

À travers ces trois situations distinctes, l'auteure cherche à démontrer que la condition de la femme dans le monde est loin d'être parfaite, qu'importe les cultures ou les lieux. En Inde et en Italie, les héroïnes sont toujours supposées se mettre en retrait face aux traditions, qui dictent leurs choix de vie ; finalement, Smita renie les traditions des castes pour sauver l'avenir de Lalita, et Giulia ignore les préjugés racistes pour vivre pleinement son amour avec Kamal. Quant à Sarah, au Canada, elle a été obligée de sacrifier sa vie personnelle pour être professionnellement considérée comme égale aux hommes. Laëtitia Colombani dénonce ainsi le traitement de la femme, qui est toujours considérée comme inférieure à l'homme et met en lumière trois héroïnes qui se battent pour recevoir la considération qu'elles méritent.

LA MÉTAPHORE DE LA TRESSE

Les histoires de Smita, Giulia et Sarah sont liées, comme trois mèches de cheveux qui seraient rassemblées pour former une seule tresse. De prime abord, ces intrigues semblent être bien distinctes, séparées dans l'espace et le temps. Cependant, la fin du roman laisse entendre que les cheveux donnés par Smita en offrande à Vishnou seraient passés par l'atelier de Giulia en Italie pour être traités, avant que la perruque ne soit acquise au Canada par Sarah.

La tresse ne renvoie pas uniquement à l'entremêlement des histoires, mais aussi à la construction du roman : les brefs chapitres se suivent selon le schéma presque immuable Smita – Giulia – Sarah, ce qui permet d'imbriquer les intrigues entre elles plutôt que de les séparer. Le lecteur passe donc d'une intrigue à une autre et d'une héroïne à une autre. Cependant, les combats de ces trois femmes et leurs caractères courageux et déterminés servent de fil conducteur au récit et rendent la lecture fluide. Cette alternance régulière montre que les histoires, qui semblent distinctes, sont en fait liées entre elles par la thématique de la chevelure.

Par extension, la tresse peut aussi faire référence aux cheveux en général, qui revêtent une importance particulière pour les trois héroïnes :

- Pour Smita, sacrifier ses cheveux à Vishnou, la divinité qu'elle vénère, représente la seule solution pour sauver sa fille d'une vie misérable. Le pèlerinage difficile pour atteindre le lieu de culte (trois-mille-six-cents marches), les tickets d'entrée qu'elle peut à peine s'offrir et les longues attentes pour pénétrer dans le temple sont autant d'épreuves qu'elle traverse pour pouvoir présenter son offrande. Lorsqu'elle quitte le temple, elle est persuadée que Vishnou saura apprécier ce sacrifice à sa juste valeur et les récompenser, elle et sa fille.

- Pour Giulia, les cheveux représentent la tradition familiale. L'atelier de son père récupère depuis plusieurs générations les cheveux des Siciliens pour les traiter et en faire des perruques. Les cheveux sont en quelque sorte son héritage, car elle baigne dans le milieu depuis sa plus tendre enfance, observant ses parents au travail et les rejoignant par la suite, au détriment de ses études. Ce sont également les cheveux – indiens cette fois – qui lui permettent de sauver sa famille de la faillite.

- Pour Sarah, la perte de ses cheveux signe la perte de sa féminité. Après avoir perdu son travail suite à sa maladie, puis son apparence suite à l'ablation de son sein, Sarah commence à perdre ses cheveux après la chimiothérapie. Cette perte la conduit à penser que « le cancer lui aura donc tout pris » (p. 204), mais grâce aux encouragements de sa fille, et au souvenir de sa mère, décédée de la même maladie, elle décide de se battre. La première étape consiste à se rendre au salon pour se faire raser les cheveux, puis à acquérir la perruque qui lui correspond.

PISTES DE RÉFLEXION

QUELQUES QUESTIONS POUR APPROFONDIR SA RÉFLEXION...

- Selon vous, quels traits de caractère unissent les trois protagonistes féminines ?

- Les chapitres sont séparés par différents poèmes, rédigés par l'auteure. Quelle est l'utilité de ceux-ci au sein du roman ?

- Le roman comporte très peu de passages dialogués. Quel est, selon vous, l'effet de cette relative absence ?

- Comment la discrimination envers les personnes malades est-elle illustrée à travers l'histoire de Sarah ?

- Comment le racisme envers les réfugiés est-il illustré à travers l'histoire de Giulia ?

- Quel est le portrait de l'Inde contemporaine dressé à travers l'histoire de Smita ?

- Certains critiques n'ont pas hésité à qualifier ce roman de « féministe », tandis que d'autres clament qu'il ne suffit pas d'avoir des personnages féminins pour qu'un roman soit féministe. En vous appuyant sur l'intrigue du roman, justifiez votre position au sein de ce débat.

- À l'entame du dernier chapitre consacré à Giulia, cette citation apparait : « Ils ne savaient pas que c'était impossible, alors ils l'ont fait ». Comment cette phrase s'applique-t-elle aux trois héroïnes du roman ?

POUR ALLER PLUS LOIN

ÉDITION DE RÉFÉRENCE

COLOMBANI L., *La tresse*, Paris, Le Livre de Poche, 2017.

ADAPTATIONS

COLOMBANI L. et POLLET C., *La tresse ou le voyage de Lalita*, album pour enfants, Paris, Grasset, 2018.

Le roman est en cours d'adaptation cinématographique.

lePetitLittéraire.fr

- un résumé complet de l'intrigue ;
- une étude des personnages principaux ;
- une analyse des thématiques principales ;
- une dizaine de pistes de réflexion.

**Retrouvez
notre offre complète sur
lePetitLittéraire.fr**

L'éditeur veille à la fiabilité des informations publiées,
lesquelles ne pourraient toutefois engager sa responsabilité.

www.lepetitlitteraire.fr

ISBN version numérique : 9782808023337
ISBN version papier : 9782808023344
Dépôt légal : D/2021/12603/7

Conception numérique : Primento,
le partenaire numérique des éditeurs.

www.ingramcontent.com/pod-product-compliance
Lightning Source LLC
LaVergne TN
LVHW041300200726
843507LV00014B/3060